건물의 초상

김은희

단추

매일 사람들은 자신의 우주를 들어올린다.

"괴안동 189-○○번지 4층.
보증금 500 월세 30."

그해 봄, 굴다리 근처 전봇대
전단지에서 찾은 작업실.
경인로와 경인선 사이 건물 꼭대기.

그때는 몰랐지.
기차 구르는 소리
차 지나가는 소리
기계 돌아가는 소리
쉼 없이 울려 퍼지는,
서울과 인천을 잇는 길
한복판에 있다는 것을.

철길 바로 옆 작업실에서는 하루 종일
기차가 지나는 소리가 들렸다.
밤 12시 10분이면 끝났다가
새벽 5시면 다시 시작되는 기차 소리.
4층 작업실 창 너머로
골목 사이사이
공장이 생겨나고 사라졌다.

동네는 평범했다.
그런데 자세히 들여다보면
평범하고 일상적인 사물들 속에서
사람들은 각자의 삶을 쌓아가고 있었다.

작업실 창 너머
낡디 낡은
닳고 닳은
굵은 올로 성기게 짠
살갗을 매일 부대끼는 곳.

조금씩 벌어지는 타일 틈새
하늘과 바람이 일렁이는 창
덧바른 벽지처럼 남아 있는 예전 간판들
잔뜩 쌓인 물건과 공구들
구부러지고 찌그러진 창과 문과 벽
도색된 표면과 칠이 벗겨진 녹슨 표면
그리고… 먼지들을
꾹꾹 눌러 그렸다.

이것도 그림이 될 수 있구나.

살아 있는 것들은 모두 변하여 간다는 것 하나.

기억하고 마주할 힘을 쥘 뿐.

밥을 먹고
장을 보고
사람을 만나고
직장에 나가고
물건을 만들고
청소를 하고
요리를 하고.

우리가 하루에 하는 대부분의 일들은
대개 비슷한 일의 연속이다.
사람들은 매일 이런 일들을 반복하며 버티며
삶을 이어간다.

끝나지 않는 하루를 붙들고 씨름하며

철가루가 날리는 작업장에서
담금질을 하며
온갖 약품 속에서 도색을 하며
수백번 허리를 굽혔다가 펼치며
반복을 통해 앞으로 조금 나아간다.

낡은 건물 사이로 새로운 건물이 생기곤 했다.
창 안에 있는 것도
밖에 있는 것도
건너에 있는 것도
하늘도, 나도,
유리창 위에 떨어진다.

건물을 그리는 줄만 알았는데
매일 매순간 다른 표정을 내고 있는
주변을 그리고 있었다.
홀로 존재하는 것은 아무것도 없다.

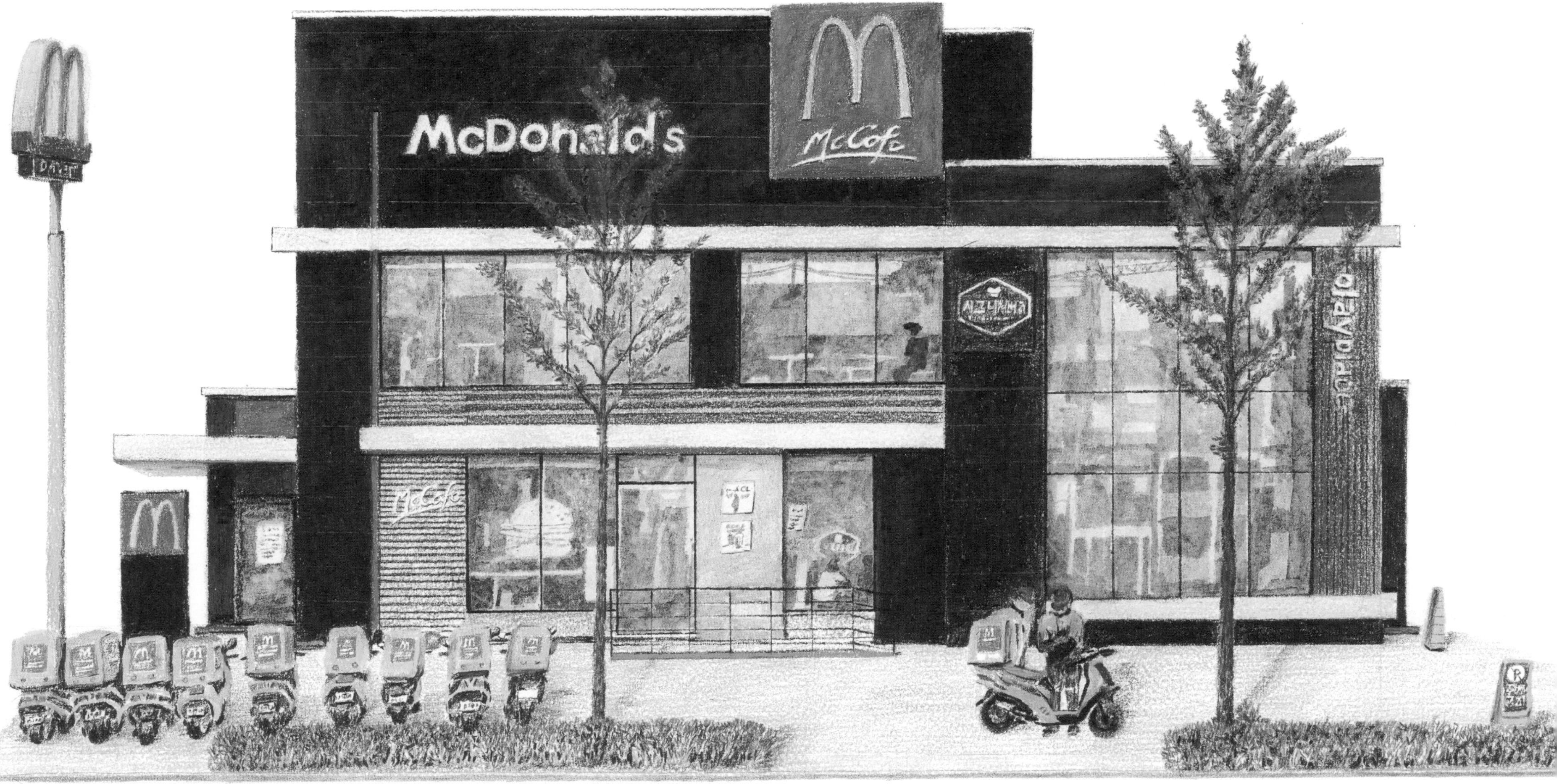
McDonald's
McCafe

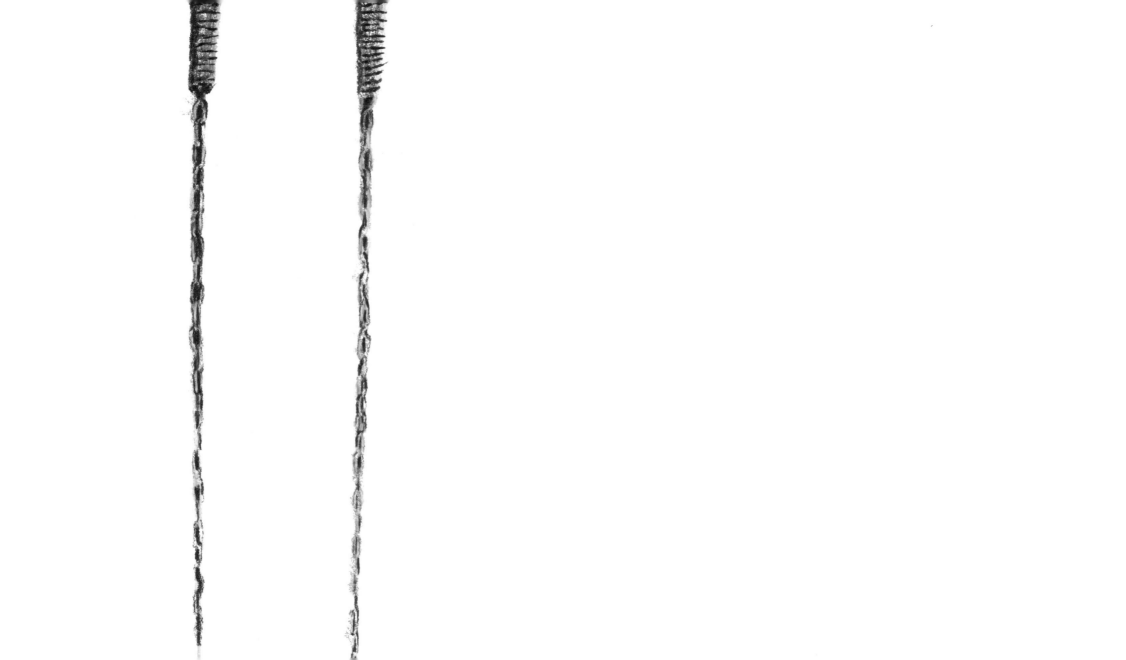

반듯하지 않고
조금은 구부러지고 찌그러진 곳들에서
하루를 밀어올리며 들쳐올리며
다들 살고 있구나.

밤새 닫혀 있던 접이식 문을 걷어 젖히고
조명이 켜진 무대에 오른다.

내일의 생존 새겨질 삶아갈 만들어진다.

무엇도 세상이 아닌 가게에서

차돌로 정성 고르라서 돌담을 만든다.

제주8—9—4

회색 실공항 옷 청에서

온기를 빼앗기에 딸린 채비를 하는 임상등 흐르며

엄마에게 나를 드러낼 용기가 생겼다.

그러니까 우리는 어떻게든 조금씩은 연결되어 있다고
주름진 얼굴, 엉클어진 뒷태도 다 이유가 있다고.

처음부터 자기 자리였던 것처럼
모든 것은 제자리에 놓여 있다.
일터에 새겨진 제각각의 무늬들...
그림을 그리며 이 무늬를 더듬는다.

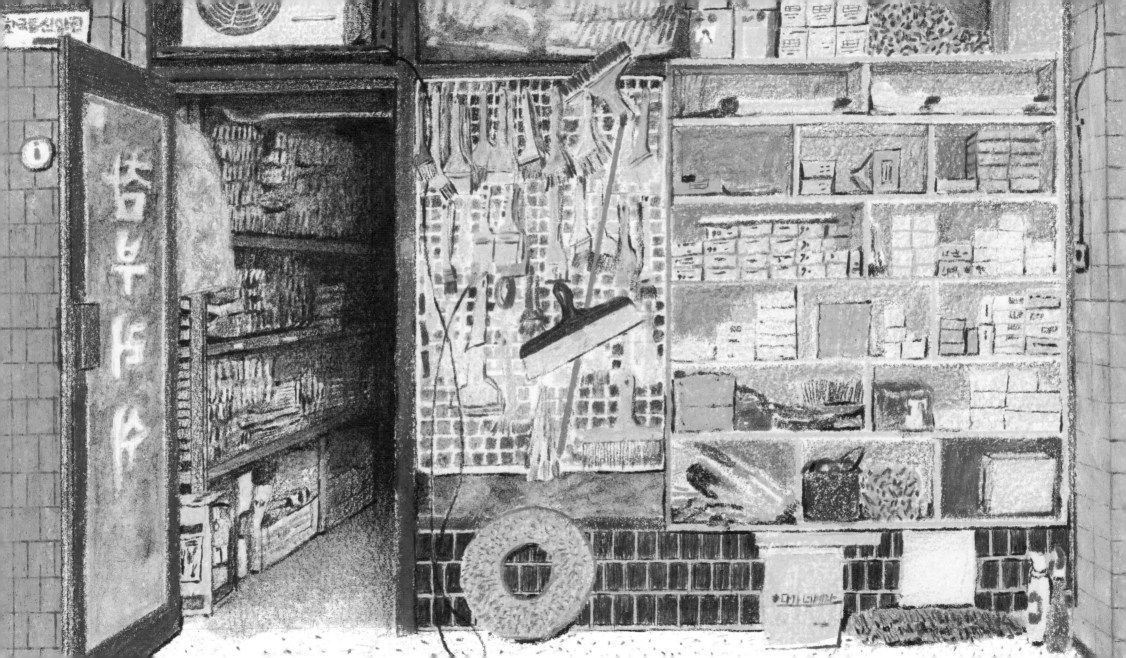

철판을 주무르던 철공소,
모든 것이 정갈하게 놓인 함석공사,
팽팽하게 당겨진 캐노피를 만들던 천막공장.
낮고 야트막한 건물들이 모여 있던 자리를 기억한다.
이곳에 자신의 삶을 짓던 사람들이 있었다는 것과
누군가는 담장 앞에 백일홍을 심었다는 것도.

기록이 삶의 한때를 증언한다.

김은희

공간에 새겨진 삶의 무늬와 결을 그리는 일러스트레이터입니다.
서울대학교에서 건축을, 서울시립대 디자인전문대학원에서 일러스트레이션을 전공했습니다.
2007년 경기도 시흥에서 동네의 작은 역사들을 아카이빙하는 작업을 하며 일상의 삶과
노동의 순간들을 기록하는 것에 관심을 가지기 시작했습니다.
그림을 공부하면서부터는 도시의 모습을 관찰하고 그리는 것에 몰두하고 있습니다.
2014년에는 부천 고강동에서 동네 곳곳 풀과 나무들을 찾아다니며
식물과 어우러진 동네의 풍경을 기록하는 작업을 진행하고
2015년부터 지하철 1호선 역곡역 주변 오래된 건물과 변화하는 길의 모습 등을 기록하고 있습니다.
지극히 평범하고 단조로운 공간들에서 사람들이 자신의 삶을 짓는 과정,
하루를 살아나가는 모든 활동, 그 반복적인 리듬이 만들어내는 것이 도시의 형태라는 것을
그림을 그리면서 더 이해할 수 있게 되었습니다.

앞으로도 도시의 콘크리트 더미 속에 있는 온기를 찾아 그림으로 기록하는 작업을 하고자 합니다.
2016년 건물의 초상을 담은 작품들로 볼로냐국제도서전 '올해의 일러스트레이터'로
선정이 되었고 전통 한옥의 공간 곳곳 아름다움을 담아낸 《우리가 사는 한옥》에 그림을 그렸습니다.

건물의 초상

2019년 11월 29일 1쇄 발행

지은이 김은희
펴낸곳 도서출판 단추
디자인 일상의실천
사진 김진솔

www.danchu-press.com
hello@danchu-press.com
출판등록 제2015-000076호

ISBN 979-11-89723-10-1 03810
이 도서의 국립중앙도서관 출판예정도서목록(CIP)은 서지정보유통지원시스템 홈페이지(http://seoji.nl.go.kr)와
국가자료공동목록시스템(http://www.nl.go.kr/kolisnet)에서 이용하실 수 있습니다.(CIP제어번호: CIP2019046204)
이 도서는 한국출판문화산업진흥원의 '2019년 우수출판콘텐츠 제작 지원' 사업 선정작입니다.

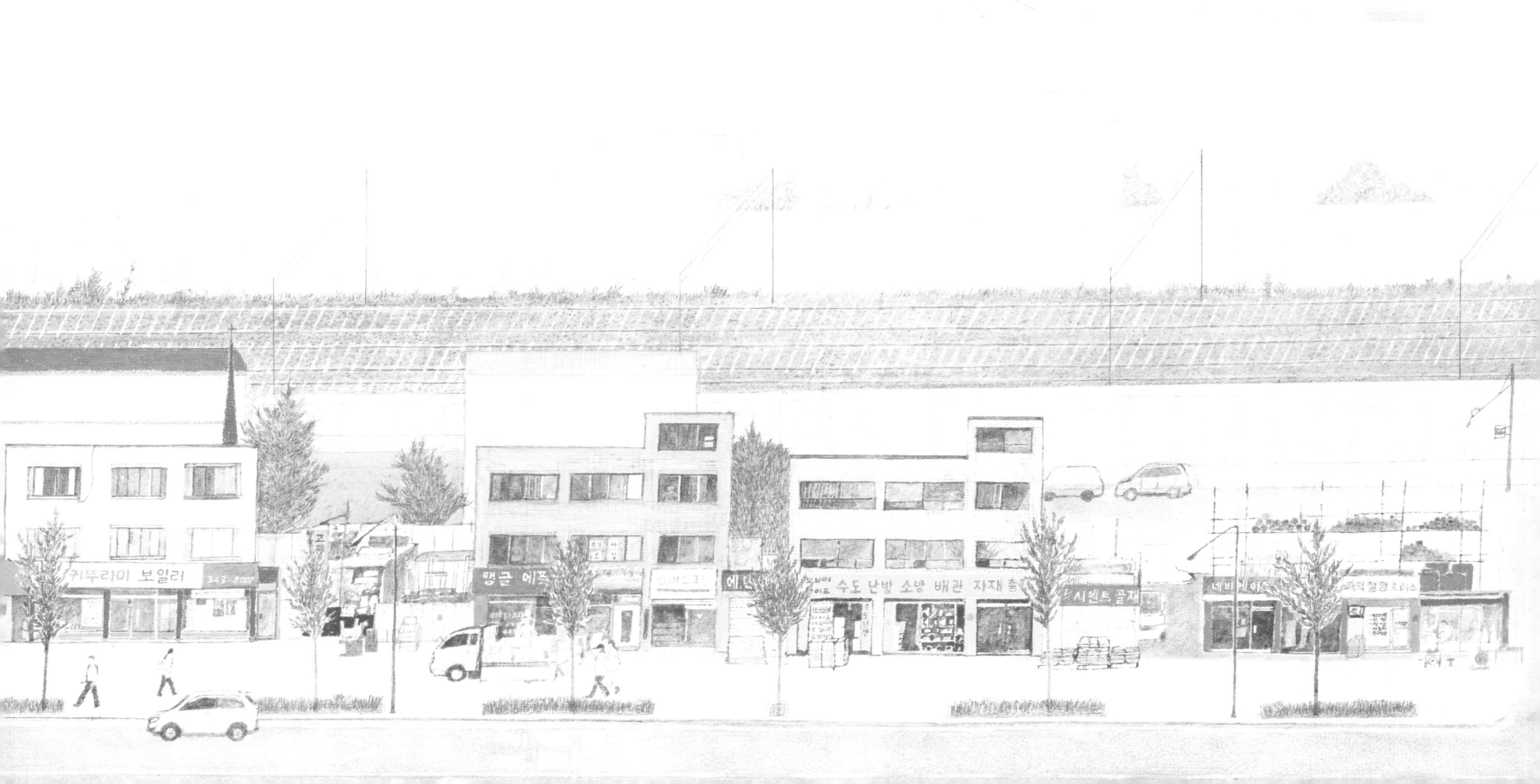